David, peces, pingüinos…

Calle Claveles 10 | Urb Monteclaro | Pozuelo de Alarcón | 28223 Madrid | España | www.cuentodeluz.com

ISBN: 978-84-15241-95-9

Impreso en PRC por Shanghai Chenxi Printing Co. Ltd., enero 2012, tirada número 1256-02

FSC
www.fsc.org
MIXTO
Papel procedente de fuentes responsables
FSC® C007923

David, peces, pingüinos...

Texto e ilustraciones de TURCIOS

David despierta feliz y canta con su amigo el gallo.

Desayuna cereales de maíz con
la gallina y sus polluelos.

Para él es toda una aventura salir a
cazar arcoíris con el camaleón.

Se divierte columpiándose en el cuello de una jirafa.

Cumple con sus deberes al lado del sabio búho.

Le gusta sentirse artista coloreando las rayas del tigre.

Un gigante caracol es el refugio de David para meditar tranquilo.

Siempre está atento de lo que pasa a su alrededor como su amigo el zorro.

Prefiere que la comida se la sirva el señor pulpo para mayor rapidez.

Se reúne con los pájaros, por las tardes,
para alcanzar frutas.

Busca a los pingüinos para comer
helados cuando hace calor.

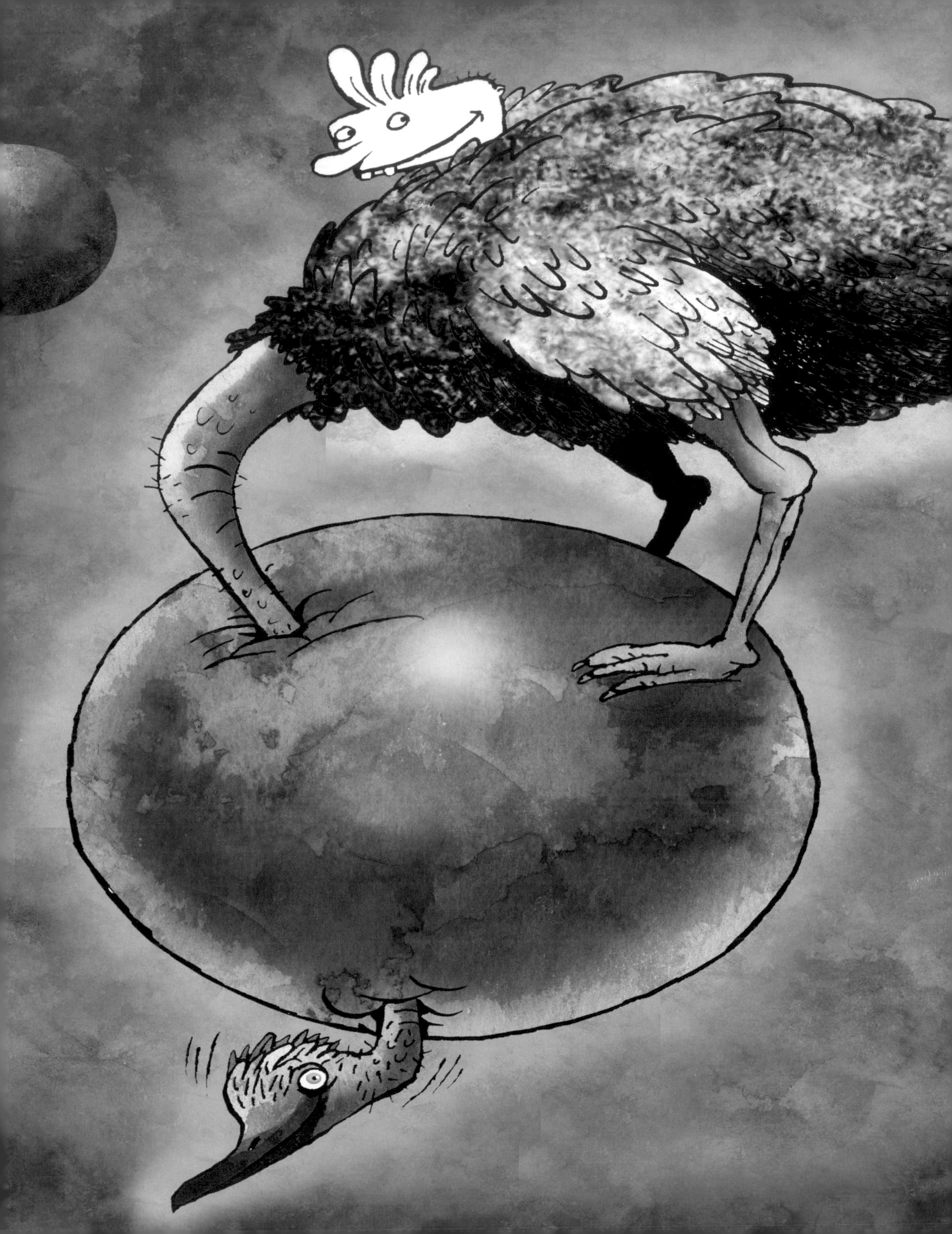

Le gusta jugar al escondite con el avestruz.

En su bañera siempre hay peces de colores.

Le encanta que lo acaricien
como a los gatos.

Se siente tan importante como el león.

Antes de dormir se lava los dientes
en compañía del cocodrilo.

Por las noches duerme mejor cuando
lo cuida el señor gorila.

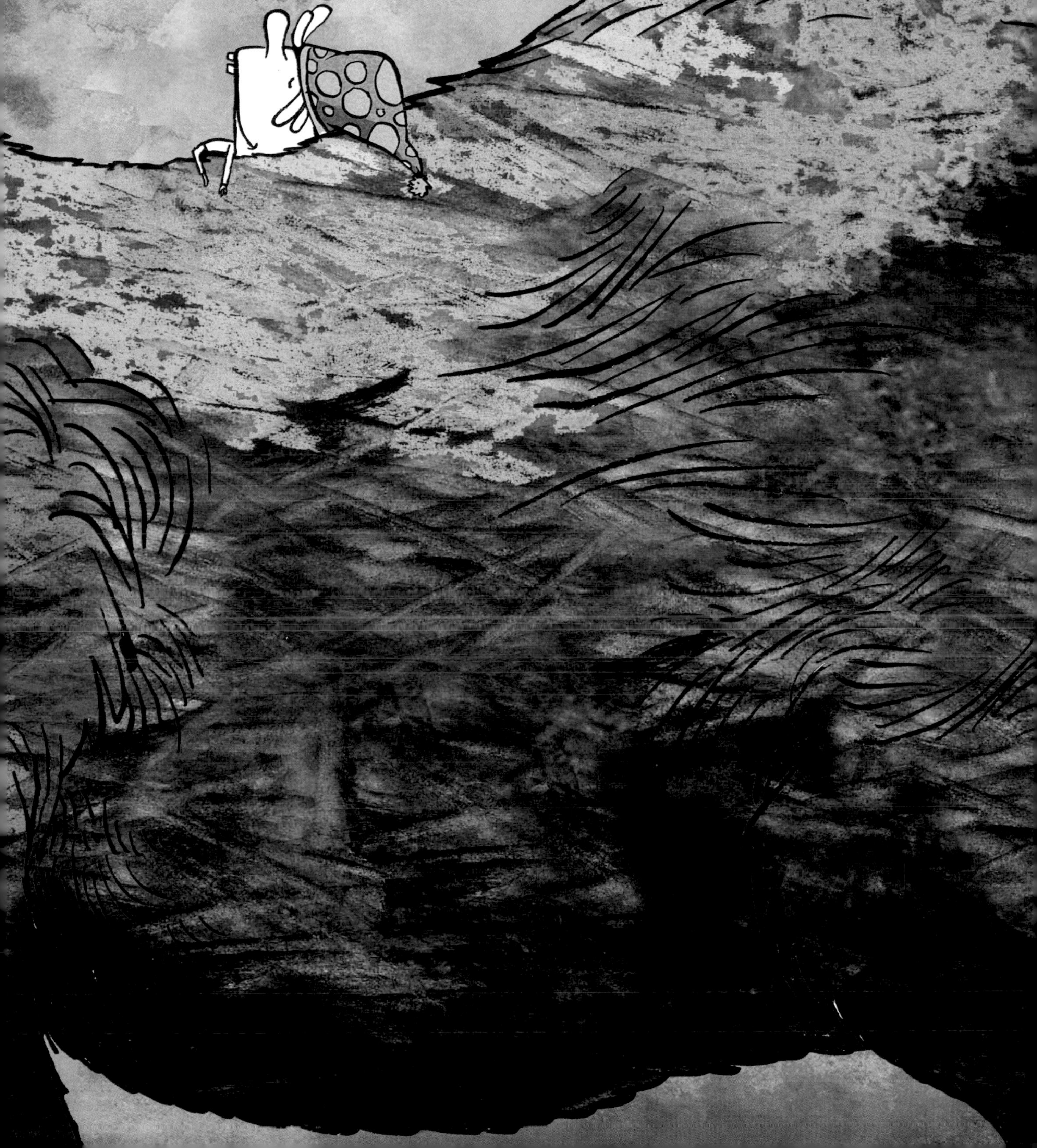

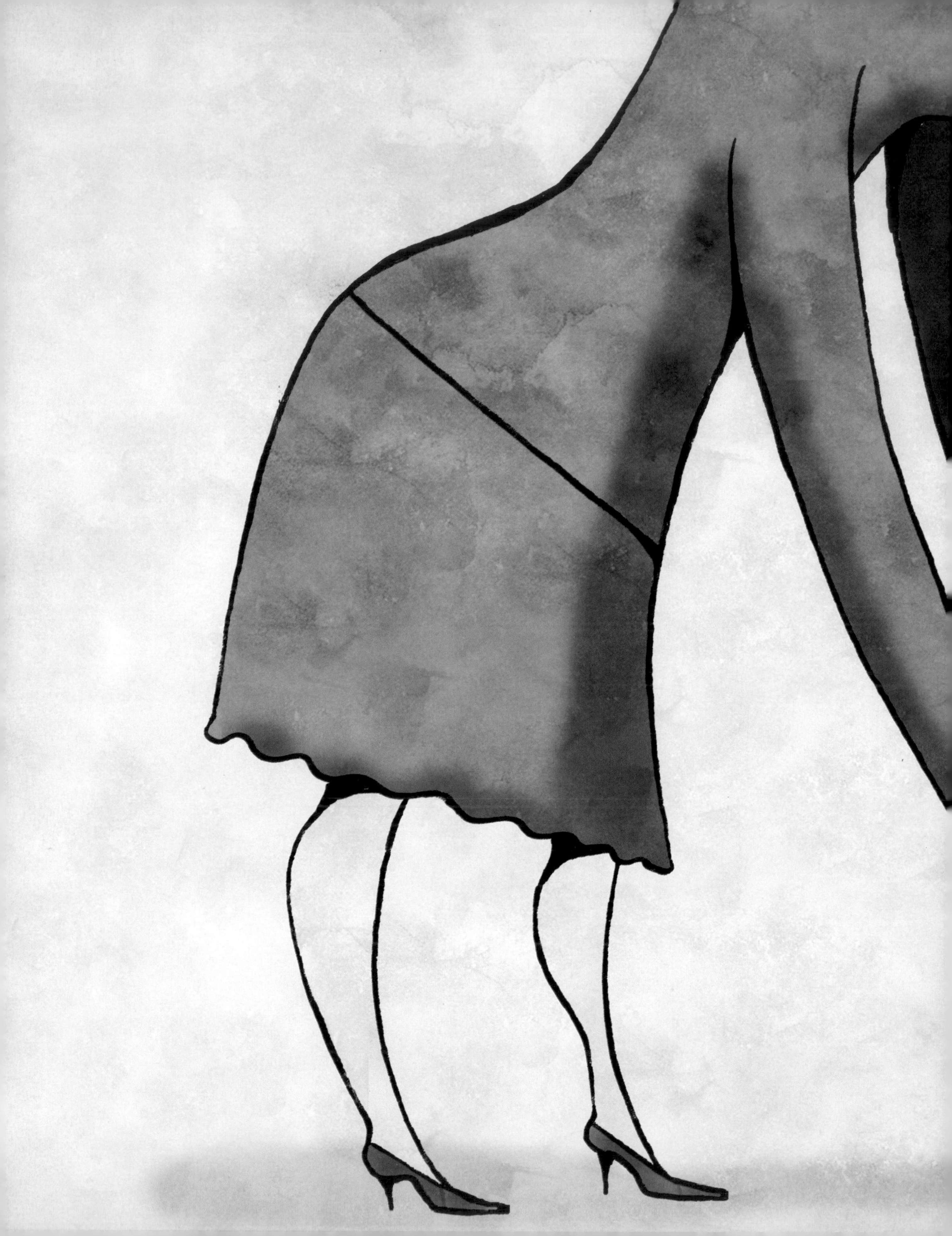

...Pero lo que más le gusta a David
es decirle a su madre que él es el
Rey de la selva de su imaginación.